ET L'ORIGINE S'Y REFUSE

DU MÊME AUTEUR

Les Numérotés,
préface de Jean-Yves Reuzeau,
Le Castor Astral, 2018.
Prix Apollinaire Découverte 2018
Prix Primoli 2019 (Rome)

Via Boston,
préface d'Olivier Barbarant,
Le Castor Astral, 2020.

Et l’origine s’y refuse

I

Poèmes très libres

Poème en hiver

L'aube des nuits, ce dimanche, avait pris forme de douleur.
Elle ressemblait à la France l'hiver,
bleue, creuse, avec clarté brisante de provinces : le pays
malchance.

La neige me glissa dans une allée mince, grise, mise
là, par le monde, le long du matin

et, sauf les hommes, j'étais serein.

Brunes pauvres lumières montent dans ce lieu ; donc, les unes
de s'y éperdre, vite, les autres d'y grand se tordre ;

j'observe ça ; en bas, les villes sages
comme des îles
à travers la saison ; l'âge.

Un oiseau vient mordre
mon talon.

Puis je vois, plus haute que moi de rang, loin du vent,
par la raison
du froid, la

vie : le jour sur le ciel, le rouge en désordre.

Poème de la veille

Et tu me dis Crétin
dors

Je te dis C'est l'heure

de veille

J'ai veillé sans

faiblir Quelle prudence

Quelle force d'abeille

Du soir d'hier au lendemain
passa nuit
très rapide
Je me vêts C'est l'heure du matin

Tard

J'ai quatre rides

stupides sur le front

et je sens que m'éteins

J'ai dormi mal

N'ai dormi point

Je mourrai bien beaucoup de fois
souvent de jour Bleu clair Bleu jaune Semblable dans mon râle

à rien qui vaille
et

vraiment pauvre de destin

Poème triste
ou
Consolation

Grand-père d'Indre quand il meurt papa tourangeau quand
grand-père mourut

eux
n'eurent jamais
que l'œil humide un peu

Baptiste le Basque au désespoir en bout de jour Laura
du Limousin
entre les bras de quel
amour
et le dernier à vivre Ilan bien sûr
le beau déçu l'âme solide
l'Ami élu
parmi
les pierres laides
sans un soleil venu aux Hébreux de Pantin
jetant
la terre pour
le
vide
ou pour les siens

tristes ceux-là
tous ils avaient
seulement l'œil

humide un peu

Matteo citoyen le bouclé
le Corse bleu
tête de petit frère comprend la tragédie un soir de nos idées

Il ne s'en plaint mais reste sage il a l'œil humide un peu

C'est ainsi que l'on pleure courage

devant la peine

Moi d'autres mœurs je verse avec ma mère en vain
beaucoup de longues larmes sur les os de nos mains

Épître à qui ?

Du rose
se couche
dans la lumière

Nos bouches
ont leurs ailes

J'aurais des prières
pour toi

d'amour

mais n'en parlons pas

Te rappelles-tu moi les mains lourdes faisant le rien
et l'ordre
à tes trois plaisirs

Il faut le dire

Je t'adorais pire
qu'un homme

Tout ce fleuve bouge
et moi seul
y regarde

le soleil Mon âme est vieille
sans la tienne

Quelque mur comme une persienne sur notre sommeil
s'ouvre Et des rues
Où vis-tu Nulle part si tu ne vis avec moi-même

Je crois que tu
n'es pas vivante encor cela me peine

Moi

je ne t'adore

plus

Poème pour les joies
ou
Deuxième consolation

Lanceur de disques Votre frère J'ai le risque
et ma face est tendre Vivre quant à moi sera très tôt nous rendre

fiers L'air La voix Quelquefois la tyrannie Mourir est donc fini
Nos histoires surchantées font leurs latineries
mauves J'ai poudre aux pieds Se réagrègent
de gras méchants à la peau beige

les roux poètes Et fous dit-on mais qui ont raison de tout
Écoutez ces chiens *Avons mieux souhaité que rien*
Incroyable je sais mais nous sommes plus loin
que vous de notre gloire
passée De notre bien
mauvais La peur nous ouvre dans un rire Qui s'en revient parfait
de nos gorges Ce miracle d'ailleurs il vous plait

Allons vers combien juste Que vouloir Mais vive notre ronde cette
marche très sage
où le temps bat son plein Où moi auguste
et tous pris par mes joies savez les lois de votre orage

Furent l'homme de mixtes choses autrefois

peu belles qui ensemble sonnaient comme une toux

Dorénavant
nous
ceux
de la rescousse
tirons les autres de ça Mieux
tirons le monde de soi Il reste quelques ans Voilà Qui passent
Et maintenant
nous sommes infinis Oui Et des plus grands

Poème de guerre

Revienne amie, la guerre,
à

votre vie, l'endroit

infime.

Que l'on y trouve

son droit. Moi j'y éprouve

déjà les nouveaux crimes.

Mes doigts n'ont pas dansé pour plaire,
hier nuit,
mais ruer
bas le ciel. J'ai ma foi sur la terre.

Là,

quelle armée porte

les cimes des énigmes

jusqu'aux louves, les maudit,

et me demande

qui, moi, je suis ?

Je suis le pli

que prend le jour
quand il est vrai. Je nais. Je monte. Je suis pour tes yeux dans

le moindre vent
qui

roulera sur notre monde.

Poème en retour

J'oublie le trop de parc
et toutes les choses de fleurs
qu'on trouvait sous les arcs. En rond,
nous avions les jeux des tristes, on m'appelait par le prénom :

« Alexandre !
Tu mens. » Autour, tant, les filles
aux yeux garçons ; moi, rougissant,
voulais les prendre pour moi-même, les joues – leurs voix –
blanches
sans le sang.
J'ai eu, quoi, chaque jour, à me mordre

fort, en m'embrassant. Et la nuit dessous
revient ; la ville, en pluie, et nulle part ;
j'ai vingt ans, puisqu'il fait froid. La lune part.

Poème d'aventure

Nous sommes trois au *Fleur-Vinasses* moi l'ami la copine
et d'un coup la nuit casse

Parmi ses ruines

immédiatement l'ami pousse les yeux les lèvres
comme tout un Japon de colères

puis sa bouche ouvre rond

maudit
et
crie

Paris est en haut de la mort Nous devons fuir

Nous fuyons

Sous une race d'astres
basse
le paysage est grand

Dans nos fesses
la mémoire bien cachée N'y a-t-il plus de temps
je demande

Mais les deux autres de la bande
ont trop de sang
à leurs oreilles pour m'entendre

Alors je pense à l'avenir sommeil
qui attend
Je prépare à ses rêves ma tête À quoi ressembleront

Au contraire des cendres

aux fêtes

à de l'eau de chanson j'imagine

La copine s'enfonce dans un vieux trou marron

Elle étouffe
qui s'appelait Laurine

Je me souviens quelques minutes je la pleure

Zut J'ai peur

Il faut faire plus attention
quand nous marchons

L'ami repart
et moi
sans nos cœurs

Périple de vingt-quatre heures

Après notre ère nous sommes arrivés

Y a de belles nouveautés

Venez

Saynète de Vanou

Quelqu'un parle près des joues
Je crois entendre le drame en personne peut-être
je me fais fou
J'ai mal
aux os
du cou
à chaque rot
et mon bidon me semble
un trou

Il se crache dans l'œil, on le lève.

On me soulève je pète
un coup Eh oh où
sont les filles je ne
les trouve Où
Il y en avait
partout
et contentes
La tendre fête
Et contents les garçons nous

Les filles rentrèrent sans vous, pauvre poète, et la fête,
il n'y a plus du tout.

Et Vanou

Vanou
a dit pour vous…

Dites

« Il m'embête, faites-lui
savoir, au pou. »

Vanou

Il tombe, ses genoux sont
mous. Tenez-le debout.

Oh, il pleure ! Les rondes larmes
en les yeux flous !

L'amour fini moi triste aidez mon cœur douleur beaucoup

Poème depuis Lesbos

La
première qui…

la grosse langue rose des

princesses… la bleue… n'avait
frères ni
continent. Elle

regarde les ciels,
de l'eau blanche,

cette mer – l'aimerait

plus proche des oiseaux ; là,
dans… ils volent ; l'orange

des aigles ; derrière,
sur la terre,
les serpents – bleu et noir, bleu et noir, bleu et noir. Au-delà, ils

se partagent

la guerre, les vaches,
les palais, en silence – la mer

ne laisse rien entendre. « Voudras-tu,

ce soir, Atthis,
que nous nous unissions jusqu'au matin, les bras et les jambes,
les cous, les joues, tes
petites oreilles
entre mes ongles, comme

la nuit dernière, encore ? » « Oh…

Sapphô… », puis la lumière
l'endort

parmi les gouttes
de fleurs. Le jour

s'argente lentement partout sur l'île et sur les flots ;

c'est midi ; l'heure est grave ; une enfant,
la plus douce, bientôt
devra partir.

On la pleure déjà.

Poème des trois Turin

Beaucoup le bruit – la pluie – chasse mon ire
et me rappelle
Turin trois fois de suite ; mire

ou entends toi qui
lis, écoute,

c'est l'amie. La foncée, ravie, ma Londres, ne s'encombre
que d'un seul doute
– les nuits –, prie

Mars, tient l'art de l'automne, prend ciel dans ses rues.

Première histoire : grand-mère, sur son lit noir,
nous a parlé.
Dehors il neige rose, tard,

et moi je regarde
le soir, j'ose,

et j'ai peur. Je leur dis : « J'ai peur » ; maman, vite, me tend
ses mains heureuses
et pleure. Heure

du rôti ; papa qui enlève la barde.

Deuxième, un songe,

Turin morte sous les anges ;
des tours
cernées de blé ;

endroits vengeurs

et lourds ;
partout du linge, l'amour
des cordes
dans les cours.
L'ombre mange. Les chiens sont sourds.

Les têtes d'églises se penchent
sur le soleil court.

Et troisième Turin couvre
l'été,
pleut vers la colline

et s'ouvre. Elle est

flanquée
d'arbres froids, l'Œuvre. Je vais
aux places

fenêtrées ;
couleurs pauvres. « Je connaissais

une ville où tournait le fauve »,
dis-je. Turin se tait.

Poème pour nous-mêmes
ou
Troisième consolation

Nous le cœur a les mémoires du passé
nôtre Éternel Je voudrais y trouver
en nombre
la vie nouvelle

l'hiver tombé
l'énorme ritournelle

Nous le vent a été mis dans toutes fleurs
mortes Renaissent La première l'ai mangée
Le temps
autour du sort

et de la liesse
n'ose pas s'arrêter

Nous le monde a peur je comprends trop le monde

Nous quelqu'un commande
je préfère personne

Nous la journée sonne et abonde la journée bonne gronde
Je vous y abandonne

Nous l'autre commence à se taire et s'ennuie

contre ses paumes Or avons pour l'endroit

présent

sortes de psaumes très savants

qui montent de l'atome vont jusqu'au roman

Nous tel homme en espérant dit Je choisis
d'être nous
maintenant

Poème romain

J'appelle Rome ou nuit du fleuve là, où nous étions

quand la lumière

souffrait aux murs. Aimables choix
nous guidèrent, et les jambes

nous mènent pour plusieurs vies dans les jardins en l'air.

Donc, l'offrande nue se perd
étrangement comme une danse
rosière, lente,
sous les branches,

ici ;
tout un cri pour tout le soir n'a jamais retenti ;
la ville faillie, les toits, l'art, s'avancent ;

et nous, pensifs derrière nos yeux de France,
voyons le spectacle noir.

« Rome a combattu les chances,
Rome… »

Le ciel nous envole autre part.

Épître devant l'amitié

La vie nous fit ensemble nous mécomprendre en l'amitié,
ce moindre amour

où
beaucoup nous plaire
suffit – faible haine : tout.

J'ai – qui ? – des amis ; genre de charme au lieu du charme.
Ai-je meilleur que ça
pour murmurer : « Si j'aime,
si j'aime,
moi ? Un rien, mais un peu, oui, ça, quand-même,
j'aime, je le crois » ? Non, j'ai ce bien,
pour l'heure, j'ai ça,
qui fleure
comme un destin ; le choix,

contre le drame
et les couleurs,
d'à peine plus
qu'un jeu de dettes,

de mimes troublés, d'épais bonheurs
sous l'âme bête :

l'amitié, la dizaine de noms ; passion mal faite ; le cœur
avant la femme,

qui bat son doute pauvre à l'homme, parfois, enfin… je veux
dire :
je sais trop qu'il pourrait ne venir
nulle autre extase que la mort, terminés les décembres, quant
à moi,
amoureux de personne ; mes amis, je tremble, quel sort
on me donne
là… mais, s'il le faut,

d'accord, je me rendrai capable
de n'être à jamais que, parmi nous, celui votre semblable.

Poème en lieu sûr

Je me souviens te souviens-tu des véritables
douleurs De la table Et le son des cuillers
frisait Au dîner

fumaient nos yeux devant le rêve du potage La famille sage

nous donnait les conseils
et les ordres
adorables disait Patienterez
d'abord Moi je voulais
et toi
de même

parce que trop là-bas l'époque alors
semblait vaine
dessous l'habit de laine laissé par les morts

fuir par
le vermeil
des routes chiennes jusqu'à jaune
et orange le fond de la vie Et l'oreille
du soleil

m'attendait Notre peine
dure encore Pourquoi n'avons-nous pas quitté
la maison que tiennent
la pierre et les maux dans le passé

Je me souviens te souviens-tu de ce jour
quand le meurtre
et les hommes
nous furent annoncés

Je me souviens
bien sûr
de ce jour qui nous fit renoncer

Épîtres du fils

1

La justice fut mon père
qui dans ses yeux garde l'histoire

à la manière

des joyeux L'idée

Il est gros comme le feu Il sait se taire
Il sait parler Et fier avec
ma mère inquiète
il m'a fait moi
fier et inquiet

Suis privé
de l'idée

Comment dois-je parler
Et ma joie n'est qu'un art
en vérité Le froid
m'a détruit dès l'enfance je ris nulle part
Combien dois-je me taire Et je n'ai pas

l'histoire

Et papa la justice
qu'à grand peine tu mis
à la place
de mes guerres
tristes n'est plus
rien
je le sens me devient
étrangère
chaque fois que mes pires
pensées te voient
mourir

Je ne peux pas
sans toi
tenir

Papa moi laissé seul ne semble pas même une chose
lointainement belle

Papa vraiment ne veux-tu donc cesser papa d'être mortel

Et ce serait
comme autrefois la lutte
très édifiante encore
dans l'éternel

moi enragé le cou craquant coincé sous ton aisselle

et toi giflant mon crâne blond et toi grondant *Couillon !*
Tu m'as pincé l'oreille ! Non ! Tu oses
tirer les poils de la barbe paternelle !

2

Amour le seul, ma cocagne :
une maman, la toute mienne ;

sa vie me gagne

par le sang. Le reste

est monde d'aucun sentiment, où je me porte
comme un mort, presque. Mais d'œil châtain,
cheveux en casque,
et courte, et brune,
contre-néant,
maman existe,
donne son rythme
à la hache

et me parle en italien.

À l'entendre, je peux dire : « Enfin.
J'ai, pour elle, les passions, et si je suis
quelqu'un, oui, je suis elle,
moi qui, d'ailleurs, ne suis personne,
moi qui n'ai rien. »

Encore, je tiens, donc, puisqu'elle
m'attend ; elle est l'image
que je me fais
de quoi, qui n'est pas loin,
de quoi, qui n'est ancien
ni fantôme,

de quoi, qui est constant ? Sans doute,
elle est l'idée confuse d'un matin
géant. Et il me semble
avoir le temps, quelque
souvenir, et
l'avenir, et,
vivace, la voix du dément, grâce à elle,

grâce à toi, réelle
dernière
parfaitement.

Si j'aime,
si j'erre, si je comprends, si j'ai l'accent qu'il
faut avoir,
si mes gestes restent francs, et mes pleurs, si je suis grand,
si je suis rose
et rouge, si je suis l'homme, en somme, et si je
le suis

vraiment, et le meilleur, l'unique, et le chantant, si je me sors
du mystère
sans efforts
en riant, c'est parce que,

par dessus tous
les êtres,

je suis l'homme ton enfant.

Poème après l'enquête

L'objet me manque ; la vie,
moi,

va quelconque, les pas

ne vont ;

le nom, avec,

déchoit, la race, thallique,

et l'ombre française. Non !

Je vois, ci-bas, que l'homme varie
peu, et donc
je me trouve
même et veule, près de soi et de lui,

roi,

pour qui n'arrive

la saison de l'État.

À la grecque, j'en finis ;

et vous rassure :

« Voici la nuit. »

Et vous, ravis : « Vive l'amour
sans les visages ! » Ils bavent, et croient que c'est sourire.

Je devrais être sage
et m'enfuir
de cet âge, ou ne rien dire. Je reste
et leur réponds : « Courage
à moi et honte
à vous, fils du délire. »

Ils me tuent : je m'absente
pour mieux revenir.

Tandis que j'expire,
j'adresse un clin d'œil, là-haut, à mon désir.

Poème en voyage

Nord, gare, soir ;
nous partons, jusqu'au jour, au-delà de la banlieue. Il fait

noir-vert

clair

sous les lampes du train vieux.

Loin l'effet
de la vie à Saint-Ouen, tremblant
derrière vent, me fait penser aux hommes,
un temps,
qu'une nuit, après, remplace.

Basses, lasses

forces bleues de la Seine, hors Paris ;

dedans,
le reflet a fini. J'entendrais toute cette heure, si
écouter m'était permis, mais l'amoureuse ronfle lourd.

Je regarde seulement. Et
je devine, sur les bois, le
quelque chose firmament, ses
blancs d'étoile, puis Sarcelles. Je
m'imagine y habitant : les tragédies, parmi les briques,

en monument,
leur pluie et leurs enfants, un lent passé magique.
Ce délire escaladant

m'endort sec ; et du songe de rails
commence rondement.

Nous arrivons. Elle
souffle à l'oreille :
« Descendons, viens,
tu te réveilles ? » Belle
voix. « Vite, vraiment ! Ça repart ! » Bien,
je la suis. Autour, val-
d'oisien, le lieu-dit Pont le Tard, gris ;
rien ; si : vers ailleurs, en croix, des chemins.

Lequel est pris je ne sais pas. Aucun ?

« Donne ta main », elle ordonne, puis :
« Je te conduis. » Moi, souriant : « Oui. »

Le paysage, alors, le bruit malin,

mouillé des animaux, et le parfum

triste du grain.

Les pas s'en retournent voici lendemain

Poème du peintre

Il était assis
près de ses couleurs. Il tenait,
dans sa main,
le pinceau le plus fin. Il regardait la toile :

le trait a du malheur, à mont, où sont les pigeons pâles,
du bonheur, à val, à l'entour du cheval et de l'œil étonné
qui ressemble
à un cœur, pensa-t-il, *et voici, s'assemblent*
quatre mains, folles, plongées dans l'eau, gouvernant l'eau
de la rivière. Aussi, mon frère, dessus, là, feuillu, portrait
parmi les arbres.
Au dernier seuil avant le meilleur bleu (le grand du ciel) :
du rose tout cru de marbre – je l'ai représenté comme nuage
à terre.

Voilà ce qu'il a vu.

Saynète du nouvel amoureux en compagnie de trois amis

Il m'importe de l'aimer.
La fois dernière j'y parvins presque et depuis lors
s'est éduqué
ceci
en moi
que j'ai
d'un peu malfrat
à la règle de son
baiser.

Il semblerait qu'elle te plaise. La verrons-nous, bientôt, ou
ne faut pas se hâter ?

J'attendrais.

Bon. Mais
photographiée ?

Oui.

Donne ici. Non, moi d'abord, allez !

Tenez.

Oulah ! L'ange d'été !
Eh… peut-on la manger ?

Moi. Veux voir. J'ai vu ; j'affirme :

divinité.

Rendez-moi les images. Suffit. Bande d'affamés. J'entends trop vos idées.

II

Monologue du sentiment

Belle nuit cette nuit
Belle nuit ce vent Et belle nuit
de vos regards que posez belles gens sur moi-même
dans la nuit pour un temps

Moi
devant les hommes Les hommes devant moi
qui comprennent ma langue Les hommes
à langue les hommes
à jambes les hommes
à bras Les hommes Les hommes Les hommes d'autrefois

dangereux silencieux terrifiants
côte à côte
assis comme rois réunis pour juger de mes actes Soyez
indulgents

Je parle je respire
je marche je me tiens
debout
devant vous
depuis si peu Je ne sais pas
de quelle
façon
m'y prendre J'ai souvenir d'un monde qui n'existe pas

Nul besoin que
donc
je
vous en raconte les gestes vous en explique
les lois
Ils étaient doux les gestes pourtant les lois
si bonnes mais ici tant pis pour moi c'est pour les autres pour vous autres
Il faut que je parle sans moi

Impossible Leur discours
n'est fait de mots ni de passions mais de silence
et de silence encore et d'une sorte de grande foi
et vaine et méchante et dont je suis aussi coupable

et que je ne connais pas L'absente Chose d'hommes Il faut je le crains
ayez pitié
ayez patience
que nous recommencions par moi

Comment leur dire C'est comme C'est comme vivre sans aimer
Comme les images peut-être Voyez-vous
les images
immobiles bienheureuses
absolument tendres
et mortes C'est ainsi
que moi
aux mouvements sans gloire

puisqu'ils furent d'abord
et nulle part ensemble et tout à coup

je fus
d'abord
mais nulle part
et tout à coup Comment
Comment savoir si maintenant comme vous êtes
et de là où vous m'écoutez
vous entendez mes paroles parfaites

Car elles sont parfaites vraiment parfaites vous savez

Elles me viennent de
l'ombre mon père Un dieu Il a longtemps voulu me tuer
mais avec son accord je me suis laissé naître
et prospérer

En matière de visage en matière de voix ce fut trop pauvre
et rose C'était cela alors
et maintenant ou
parfois
autre chose

Ne parlons pas du corps C'était ailleurs
le corps Il avait ses histoires de corps Avait
ses histoires sans personne Avait ses propres joies
qui m'échappent encore et l'amour
ou quelque sommeil du même ordre
et très
profond
sommeil
d'ailleurs
Ne parlons pas du corps Ce n'était pas ici
Ce n'était pas cela C'était bientôt

Ce n'était pas à moi
de moi
pour moi

À quoi
De quoi
Pour quoi

Et les visages
les vôtres
aux dents longues aux paupières bleues
parmi les rêves se gonflent de sang comme les fesses
du singe puis
de bois sombre
ont le nez haut
les joues pleines

Je les oublie je les oublie les oublie
Mille cauchemars en fête sous leurs grands astres clairs
autour de mon cœur ébahi

Et vous avez les astres nombreux Je n'en ai
qu'un Et l'astre mon astre est de plâtre surtout
oui et brille peu
assez bas
derrière ma nuque Ne
pèse pas très lourd
sur mes épaules sa chaleur Astre du passé
Astre sans plus rôle ni bonheur Astre pleureur

Mais je veux plaire
et il ne le faut pas Je veux leur plaire
mais il ne le faut pas

Assemblée d'étrangers aux têtes d'enfants
regarde Ce lieu
a ses limites
et
souvent
j'y suis pris de soudaine colère et démente
lorsque la nuit ne finit pas Or cette nuit ne finira

puisque la nuit je le sais bien ne finit pas

III

Poèmes très libres

Poème à l'oiseau de Bercy

À
Bercy l'odeur

du lapin-lion croquant la noix

d'hiver ; et vous, et moi,
dans la mort
par millions, têtes

doucement inquiètes
sous leurs fronts,

oubliâmes : ce fut joie

en même temps que rien – les

sons de hâte le long

des vitres, Mesdames
comme un drame
rouge et blond ; une haleine, toute bonne, traîne et traîne, mais
c'est tard ; nous

défaisons
les âmes ; ces ronds
de lilas, où s'en vont
mes larmes,

sont d'aucune raison. Un oiseau

s'alarme : « Le sort
n'aura-t-il, alors, mon enfant, des plumes ? » Je dois
lui répondre
que non, fort bas, pour qu'il n'entende, puis (et, disant ceci, je
crie) :

Notre rêve mon rêve je te supplie pardon mais l'avenir
viendra tel que nous seuls l'attendions

L'oiseau nous fuit en jurant comme un sire.

Poème vers L'Ajonc

Non loin des fraises, tandis qu'un vent
s'achève
contre eux, donc – les voyez-vous ? –, voici mes deux parents :
ma mère lit,
sur une chaise
longue, la thèse d'un étudiant,
et mon père, sur le banc
de pierre, où goutte la sève,
parfois, du tilleul de cent ans, commente le cri d'un oiseau ;
ensuite il se lève.

La campagne montre les couleurs de trêve,
pousse son clair de jaune
et de bleu vers le blanc, et chaque branche
d'été, avec
beaucoup de feuilles chaudes,
s'attardera pour un hiver.

Moi, soleil
à l'arrière, l'ombre et le foin devant,

je pourrais m'endormir au milieu de tout ce rêve.

Poème à l'aube

Sous le ciel bougé
vont mille courages Le matin
a raidi son étoile Un rond truc
jaune Et ses rayons-sur-nuques
chauffent Nous naquîmes de la nuit nous sommes pâles
Tant de jour dans les parages
Il faut encor qu'un sage
nous y éduque

Les voix suivent leur cours le pays sa musique
Bientôt devant la fête de nos yeux et de nos mains se lève un
homme en habits lourds

qui rit beaucoup ne disant rien

Le Latin Benastruc

Poème blotti

Il n'y a, dans ma chambre, rien qui me ressemble.
C'est tout lui. Oui, c'est tout moi.

Les tableaux, par exemple ; le fétiche
vu de dos ; tant de gravures
au même mur ; et le gros
chat, la chatte vieille, tremble des narines
et s'ensoleille la poitrine
sur mon bureau. Je m'éveille, là-bas,
et m'y endors, chaque fois comme loin d'être mort.

Nuit et jour des couleurs sans arrêt
volent depuis
longue avenue et l'ombre des volets
passent dessus le beau tapis
persan marron orange et pâle et beige et ses figures d'harmonie
jusqu'au coin de ce blanc lit
où je me roule sombre
La couette est molle au grand nombre de plis Et aussi
j'ai trois coussins
rouges et pleins L'un
pour la tête L'oreiller L'autre
en haut du torse et le dernier
près du ventre

Ils m'accueillent comme au centre
de ma vie

et me font rêver de fesses et de fruits

Poème avec la joie
ou
Tombeau de moi-même

Ici, je voudrais contredire

ceci : « Alexandre, homme fou, ta face ronde
est triste dans le monde. Alexandre, toujours
le monde t'attriste beaucoup ; ainsi,
je commence de croire, homme bizarre, ami,
que tu es un triste parmi nous. » Moi de répondre,
fort : non. Et d'ajouter alors : tes
mots
prouvent que
tu
m'as très peu
compris, car en moi-même, de chaque
printemps
à chaque hiver, quelles
que soient les peines, la tristesse petite seconde
la joie, qui est grosse et première. Mais celle-ci, souvent
davantage que parfois, je veux la taire : c'est la passion à moi.

Les grimaces d'apôtre, les longs gestes de misère,
ne t'en inquiète pas – c'est le théâtre, cela convient
pour le pire à notre ère. Au contraire, avant même que de vivre,
et mort
après avoir vécu longtemps, quand
je rôde là-haut, là-bas, nulle part, en attendant,
les autres rienfaisants m'entendent répéter,

avec aucune voix,
ce chant d'avant, ce chant d'après, de toutes les manières :

Quelle joie ce sera et quelle joie ce fut dans mon pays sur notre terre

Vivre me va

Épître sur nos tares

Avant quelconque faute, et, partant, les malheurs, nous sommes
de ces personnes

très imprudentes, que rien n'inquiète
et de santé trop bonne. Nos trois
tares, les voilà. Qu'on se les représente :

d'abord, l'imprudence ; elle vraiment me semble faire loi,
du moins, dans la France… non, moins encore… telle France
que je vois,

dont je parle en premier lieu, car le reste,
à peu près, je l'ignore – m'en pardonne qui de Brest,
de Strasbourg ou de Marseille me lira ; et, Italie
du Nord, je suis jeune, mais un jour, pays
au loin, en poèmes italiens je te gronderai toi.

Ainsi : nous manquons
de regards vers le bas, de pauses parmi
nos phrases, et nous marchons
vite, mal, de suite
à notre aise, comme si
la marche ne s'apprenait pas, et lorsque nous pensons
à nos affaires nous n'avons
nul souvenir, nulle attention,
nous inventons les mots qui ne conviennent pas, et d'image
mauvaise en image
mauvaise, le paysage

s'amenuise ou devient gras.

Pour ce qui est deuxièmement
d'inquiéter nos sentiments commençons par mimer l'inquiétude
Regardez mes sourcils Depuis un certain temps
le moindre vent
méchant les fronce et met tout le visage en mouvement Mais
mon cœur vit encore
avec cette sorte écrasante de calme et j'espère
qu'à force d'exercice il pourra vivre sans

Et puis nous sommes roses comme les enfants nous n'avons
pas les mains tremblantes
Je dis *C'est une chose d'être bien portant de l'être autant c'en est*
une autre

Poème avant la raison

J'ai, devant ma raison, des images. Elles sont
ma paresse
aux couleurs
de jardin… ou bien…

figurez-vous comme dans un désert sentir, loin,
haut, le parfum de l'orange,
et voir l'oiseau, et sourire, tandis que
vous marchez sur la table de feu. Ma paresse…
le jardin… et encore

un monde liminaire
où seuls demeurent, en cercle, beaux,
assis, mangeant le poulpe pour toujours, sans cesse,
sous les pluies
brûlantes d'un
soleil, Averroès
et les poètes siciliens.

Épître depuis le drame
ou
Quatrième consolation

En long, la mer
que font des vagues bleues – au-dessus
et dessus les étoiles – lève, ce me semble nuit de nuit ; je suis
caché derrière
la plage, au pied
rouge d'un arbre, entre deux routes, sans doute
vais-je pleurer. Pleurant, vais-je me taire ? Non : je vais parler.

Mon drame puis-je

vous dire
ce qu'il en est ? D'abord, l'algue
échouée sur l'algue ni mes larmes ni la mer
n'ont d'importance, oublions-les, c'est quelque part,
et des odeurs, et un état,
où la fuite m'a conduit, la chance…
la chance m'a, moi, voulu ainsi, pleurant, devant
la mer la nuit ; je parlerais
de même ailleurs – au bord
d'un fleuve à l'aube, et je rirais,
ou le soir, toussotant
de temps à autre, sous les draps de mon lit.

Toujours, partout, quelle que soit l'humeur, dès lors
que je suis seul, avec les mots
vraiment pareils, je dis

ou plutôt parlant je pense
de mon drame ce qui suit :

Hier on m'a aimé je n'en ai rien saisi
Un lieu parfait sous les espoirs d'enfance est aujourd'hui d'un tel
ennui d'un tel ennui d'un tel ennui
Je voudrais qu'un destin droit venu du passé me devance mais ce
vers quoi j'avance est le présent comme fortuit J'ai deux yeux
oui mais que dois-je en faire si
le pauvre monde s'éloigne de moi pour n'être pas décrit J'ai un
cœur
oui mais il bat petit Il meurt Il est ailleurs déjà que dans ma vie
Quant à la terre notre terre est une ombre qui va Les femmes
y sont variées comme cent fois les univers comme dans une ville
ancienne les toits
Ma plus tendre ma chère en fait-elle partie Cela je
ne le
saurai pas Les hommes
dont je fais partie moi les hommes sont divers comme n'importe quoi

Riant au fleuve, pleurant, toussant, sous l'arbre
ou sous les draps, ayant encore
accompli mon devoir, oui, m'étant répété ce qu'il faut répéter
à soi-même pour soi,
je me sens pris de forces neuves, de lois
grandes et graves.

Je m'endors comme une joie.

Achille en colère

Il faudrait que, sans cesse, nous
parlions comme Achille en colère.
Ce faisant, comment
sonnerait notre langage tout à coup ?

Non plus à la façon volante des prières non plus sage mais calme
non plus ivre mais saoul
non plus gardé par le mystère
mais comme dans
les cinq discours suivants cinq exemples pour vous

Écoutez cet homme-ci, qu'une femme rend jaloux :

« Je suis le fils d'une mère et d'un père et je parle debout.
Je mettrai sur un nombre fini de nos choses tels mots,
quant au reste vais me taire,
et certaines affaires
m'occuperont, les autres je les laisse à d'autres parmi nous.
Maintenant, je suis triste, bientôt peut-être fou, car Judith que j'adore
aime quelqu'un qui n'est pas moi. Me percerai-je
le cou ?
Je ne crois pas. J'aurai manière, soit d'encore lui plaire,
soit d'oublier qu'un temps nos bouches s'embrassant nous nous tenions les joues. »

Puis, écoutez un vieillard, que tue tranquillement sa maladie :

« Je suis maigre, j'ai plusieurs
douleurs, les yeux gris, je me ferai tomber
d'une des trois fenêtres de ma chambre ce minuit,
la plus proche de mon lit, celle par quoi notre matin venait,
et pour l'atteindre je devrai ramper,
sans l'épaule et le bras de ma fille, ni de quelque autre
humain de la famille, ni d'un ami, ni de quiconque
au monde, mais
je trouverai
la mort dans le secret, par mes moyens, quoi qu'il
m'en coûte
d'efforts, sinon, que vivre dure, je le souffrirai. »

Troisième des discours ; écoutez Mademoiselle surnommée
Vanou :

« Je suis très belle, je suis aussi
forte et haute en mon esprit.
Il est rare, le soir,
que je sois seule
et qu'un garçon, joli, ne s'affole
contre mon lard,
entre mes grandes longues jambes sombres, jusqu'à tard.
Il m'amuse et me convient d'exercer mon pouvoir
avec adresse, avec mes fesses, avec mes lèvres et mes cris,
et toujours
mon histoire poursuivra
comme l'âne la carotte mes envies. »

Écoutez l'ami qui dit à ses amis :

« Vous êtes
mes amis, et moi, je suis le vôtre, oui ? Nous sommes sept.

Nous parlons de choses, d'autres, l'un de nous, parfois, rit,
l'un de nous, un jour, commet
plus ou moins pardonnable faute, que l'on oublie. Je vis,
solitaire, en silence,
pour moi dans ma vie, mais aussi, grâce à vous, dans la nôtre,
où,
au contraire, en revanche, nous
nous prenons par les nuques, nous tenons par les côtes, nous
embrassons, et il y a
du bruit ;
nous tour
à tour invités
ou hôtes, et un amour se manifeste ensemble, vague, entre nos
plis.
Nous ne sommes ni beaux, ni
bons, mais il arrive
que nous soyons mignons et bêtes : il est juste de l'être,
aujourd'hui.
Gloire à nous, mes petits. Nous connaîtrons
plus en avant
d'autres que nous
peut-être. »

Pour finir, écoutez-
moi, qui parle en fête :

« J'ai mal compris, j'ai mal pensé, ce sont deux choses faites,
et j'ai mal
dans la tête, au soir d'hui. Mais je note,
ici, trois fois la même idée, la seule
que j'observe serein : premièrement, de moins en moins
j'ai peur
de ce qui se

répète. Deuxièmement : ma phrase n'est
pas honnête
en vain. Troisièmement : je suis l'alexandrebonnetterrilien,
ceci me comble et me complète. D'ici, où je
pourrais décider que
mes pieds s'arrêtent, j'entreprends d'aller plus loin. »

Voici la fin. Que chacun parle, ensuite, comme il le souhaite, mais parler comme je viens de le montrer me semble un bien.

Poème à présent
ou
Cinquième consolation

Je sais tout mieux que moi-même.
Je me fais beaucoup d'offrandes.
Observez, comprenez, admirez la tempérance qui m'emmène
vers le plus gigantesque monde :
je me gouverne comme Dieu commande.

Pour longtemps, j'abonde,
je tremble mais
serein. Et ce genre de mort
que l'on appelle « terme »
ou « fin »
me semble
une idée vaine dans l'histoire, une image de rien.

M'intéressent, désormais, le début et le départ,
me fascinent les hommes, les femmes, puisqu'ils se portent bien.

Nombreux ces hommes, nombreuses
ces femmes
apprennent
ce que leurs yeux
ont lieu de voir
et à quoi peuvent s'appliquer leurs mains.

Il me réjouit, oui,

que dans leur vie, qui est la mienne,
nous parvienne l'avenir sans le destin.

Poème des enfants

Quatre enfants dorment dans un même lit les bouches font
des bulles
les cheveux et les joues sont quatre d'or et huit rouges
merveilles
une femme leur mère les surveille

Rêvent-ils d'elle N'en rêvent-ils pas Rêvent-ils Trop vives les pupilles
sous les cils
peuvent finir deux fois trois fois devant la guerre en batailles
tranquilles Et la peur
est en bas très entière
avec le froid Une rose habille tout Qui sait qui veut savoir
ce qu'il y a
dedans cela qui est pour nous Les terres vont
sous les sabots des biches et des gnous Ailleurs cette main gauche
cueille
et la main droite non qui reste au fond de telle poche puis le son
des belles cloches se fait long
se fait entendre et quelques bonds d'oiseaux parmi les arbres d'où
tombe le sucre des abeilles
Que la naissance soit comme la vie comme la mort Nouvelle

Quatre enfants dorment quatre d'or et huit rouges merveilles

Une aube demain les tirera de leur sommeil

Poème du nouvel amoureux

« C'est étrange : c'est une femme, je l'aime. Pourquoi ? (Tandis
que, d'emblée, et d'habitude, quel que l'objet soit, ma tendance
est d'aimer peu, et même
de n'aimer pas.) Et plus rien
jusqu'aux choses les plus tristes ne me peine… tout va…
nouveauté que cela.

Je veux être honnête avecque moi :

d'abord, il y a qu'elle est très belle, mais je
pourrais ne pas
le voir, or je le vois.

Puis, je crois
que ses yeux sont là-haut des yeux bleus ; et je
suis
certain qu'ils sont beaux, aussi, et grands. J'ai noté qu'elle
n'en
cligne presque pas. Ainsi, les miens,
marron, petits, que je ferme souvent – écoutant, parlant, pensant
et quand je ris –, je les ferme bien moins
lorsque les siens m'observent, devant moi ;
je veux la voir autant qu'elle me voit. »

Quelqu'un m'entend,
quelqu'un me dit : « En effet, c'est joli, je dirais que tu l'aimes,
encor faudrait-il que cela te convienne, car
nous te savons, en la matière, depuis longtemps, changeant

et bête comme l'enfant. »

Je réponds : « Oui, tu as raison, cependant,
je pense… qu'il s'est produit ceci d'immense, dernièrement,
ceci de bon :

je suis content, autrefois non. »

Épître en fausse fin
ou
Sixième consolation

Tout cela pourrait suffire
mais je décide

encore d'un assaut.
Je veux les mots
donner ici à lire en plus,

extrêmement limpides.

Ce recueil finit de douce
manière :
nous nous comprenons.

Et pousse, aux cœurs,

lumière,
merveille rousse. Mes frères
de mort, prenez l'air
que je laisse. Il faut couvrir

avec vos voix la foule injuste
et les lois sommaires.

Qu'importent
notre paresse du désert

et la bêtise
notre faiblesse :

nous parlerons comme nous savons faire ;
nous parlerons et viendra la pensée.

Siècle vingtième passé,

dont mémoire sera bonne pour se taire, je te dis :
« Pauvre soir, nous connûmes durant toi la démence des
gloires. »

Et comme j'ajoute « Adieu », en un mot le chant, déjà,

me grimpe, le doute,

dans un feu, se dissipe, et vous
devenez mes vrais dieux.

Nous ? Quoi ? Vous, qui êtes moi ; ensemble ceux
d'une nation, peut-être d'une lande,
d'un lieu,
et même seulement vous la faction

sans terre, où l'homme abonde,

celui-là que j'invoque par ses mille prénoms. Vous, nous, donc,
allons,

gardant chauds
nos fronts,

vers le monde,
tranquilles nos poitrines, rebâtir à la ruine, sur le fond.

C'est conclu maintenant poursuivons

Poème aux plus contents
ou
Septième consolation

Pourquoi péririons-nous d'être ainsi nés souffririons-nous
d'être ainsi laids

Non je crois que nous sommes très bons sommes parfaits

Au vrai quelle chanson Quelle passion Le monde a de l'engrais
Nous y cultiverons
des plantes pour après

Poème de ce que je veux

Que voulez-vous ? Car nous pouvons
vouloir, désormais : nous nous sommes

accordé

ce pouvoir. Alors, qu'est-ce,

cela que vous voulez ?

Moi, j'ai décidé, oui, que je veux
quatre choses, en premier lieu :

un seul visage et son prénom qui soient ceux d'une femme
adorée

pour la France l'Italie mon double dieu la parfaite santé

embrasser tout exemple contraire à ma tendance vers l'idée

et donc être juste ou plus juste du moins que je ne fus d'emblée

Poème sans pleurer
ou
Huitième consolation

Je nous vois bien, tous, nous sommes un peu tristes, il ne faut
plus,
je vous dis qu'il ne faut pas. Entendez-vous ?
Je nous aime beaucoup,
qu'importe notre état, mais
je nous préfère plus joyeux, devenons-le, et légèrement plus
gras,
plus rouges, croquons la nourriture qui convient le mieux.
D'ailleurs,
regardez comme nos jambes, nos bras
bougent, ici-bas, et les beaux mouvements qu'ils éprouvent.
Persuadons-nous, vous en supplie, que par nos forces tombera
le ciel sur notre terre, et, alors, et cela je nous le jure, notre
monde sera d'un bleu sûr.

À quel point je nous aime : presque
autant que moi ; et mes baisers
sont vrais chaque fois qu'ils vous trouvent, sauf
quand ils ne le sont pas : rien de moins grave, il arrive que
je mente, mais pour
rire
et par amour, c'est ma sorte d'humour, qui, si vos âmes sont
patientes, vous séduira.

Non, ne soyons plus
tristes, non, j'insiste, ne pleurons pas.

Poème du très petit enfant
ou
Deuxième tombeau de moi-même

Ne me souviens d'un jouet La lampe-cube aux poissons verts
C'était du bois
et de la toile autour de la lumière

On me berçait tout près

Et vite bien le ventre en l'air
les poings serrés j'endormais les deux yeux derrière les paupières

Poème du contretemps
ou
Neuvième consolation

Toi le ciel et vous les hommes, les femmes, ne me regardez pas,
aujourd'hui je suis laid,
sans charme, et morveux dans mes sanglots, aveugle dans mes larmes, laissez-moi.

Je me soigne : je me plains.

Retrouvons-nous demain, ou jamais, selon
que change ou non
mon pauvre état.

Malgré moi, pourtant, célébrez votre joie, il le faut, cela est un vrai bien.

Vous entendre danser me plaira.

Poème en question

Je me plais ces derniers temps parmi des sentiments très simples
Est-ce un mal Je ne sais pas C'est d'importance
quoi qu'il en soit
puisque chacune de
mes facultés s'en trouve atteinte
Il y a
là
une tendance
qu'il faudrait que je comprenne et suive alors
ou vainque

Par exemple

plutôt que l'ombre jetée par le ciel dans ma chambre
des quatre cent feuilles de l'arbre et de beaucoup de branches
et les couleurs finies méconnaissables qui s'étendent
et d'où me vient l'impression molle de Paris
et plutôt qu'à ce spectacle tortillé sur le plancher
de lumières et lignes de France
succède
la remembrance d'Italie
donc de Turin quand va décembre et ce qu'y disent d'habitude
mes deux tantes
les mots qu'elles emploient dans le cours de leurs vies
et l'iris gris du gros libraire sans esprit
près de la place buissonnante le mensonge que j'invente
pour l'avenir et tous les cris
que je lance

âgé de trente mois depuis mon lit pour réveiller grand-mère
aux bras puissants
en somme plutôt que cette ombre et les complications je vois
mon platane d'avenue et le soleil dessus mangé si calmement
par les nuages de mardi
et plutôt que de rêver mon rêve
je pense *Mon arbre mon soleil*
Ils sont à moi et moi devant rien ne me change J'aime cela ici

Est-il bon
et raisonnable ou non
et détestable

que je me laisse m'appauvrir ainsi

Poème avec les hommes

Ce jour

est jour

de toutes les journées. Ce ciel,
ce sont tous les ciels

rassemblés. Et nous, sous l'amour
de leurs nombreux
soleils, je veux que

nous soyons si longtemps que c'est l'éternité.

Poème palermitain
ou
Deuxième poème en question

Description de la Sicile : une île grande – presque la terre ferme –
et moins jaune que Sardaigne ; m'a donné ce souvenir devant
les autres : Palerme,
qui est une ville méchante au sens vertueux du terme : indienne,
dans son ensemble.

Me tenant là-bas sur une tour j'avais pu voir de loin le siècle
dit vingt-et-unième,
où, dès lors, je ne retournai pas.

Description de Palerme : des hommes s'y enferment. Les racines
ont leurs arbres, les arbres
ont leurs cimes.
Il y a du marbre, quelquefois, parmi quoi des cris – la mort –
et des maximes – la vie.
Et l'odeur est de gros fruits, comme en Bretagne, mais
différemment sure,
et d'animaux, comme à Vincennes,
mais, comme en Espagne, d'animaux qu'on aurait frits.

Cela suffit ; une musique y fut bien jouée, aucune depuis.
Palerme où je m'enfuis,
où je reçus mes lois,

mais Palerme, aussi, qui n'existe ni n'existera, et de même
la Sicile. N'est-il,

donc, nul

temps, nulle part, où je sois ?

IV

Poèmes du Gentil

Tombeau de Mireille Knoll

Morte tuée Mireille Knoll
un vendredi du mois de mars deux mille
dix-huit avant le soir
aurait dû dans une France autre que telle

vivre encore très juive mourir d'avoir longtemps vécu plus tard

J'ai le sentiment vieux d'un désespoir

Poème de l'Ami
ou
Dixième consolation

J'ai le pressentiment d'un désespoir.

Mais Ilan, mon ami le meilleur, m'entend souffrir, il vient me voir, me dit :

« Mon goy !
Ma caille ! Mon pleurnicheur ! Ami, meilleur ami, je vais être bavard, je vais te dire
ce qu'il te faut croire, comprendre et redire :

les poètes sont malins sous le matin trop vif ;
sont des chats grimpés sur le destin, le tiennent grâce aux griffes, le lèchent, le reniflent ;
sont des intrus ;
les poètes sont des juifs du Limousin
et c'est cela leur plus cher bien
de leur première fin
à leur second début,

et les poèmes sont hébreux puisqu'ils ne sont pas rien.

Poète Bonnet, Poète Terrile, maintenant sois tranquille, surtout, et serein.

Puis, regarde moi-même
plutôt que la Lune. Suis-je vaincu, mort, moi, l'Ilan Benkimoun ?

Non, je serai médecin.
Et j'aurai mes bambins circoncis
par la main
brune
et dodue
d'un rabbin de Paris.

Mon goy ! Ma caille au raisin ! Tu es parmi les miens, je suis
parmi les tiens,
et la puissance est notre dû. »

Poème des Modernes

La puissance est notre fin ;
j'aperçois cette merveille.
Vive nous, vive tout, vive l'Ourse qui étoile notre bain
dans la mer morte et rouge et belle.
Demain j'entends le discours de la veille :

c'est le vent. Ses ailes,
quel tourment pour
nos peaux, mais aussi quel plaisir
pour nos yeux souverains.
Mes rots
devant
le temps font le temps ralentir, mes bras nous tiennent chauds,

et la nuit – mais le jour – tout à coup descend nous dire :
Je ne cesserai plus. Émus, nous pleurons sur les ondes,

les ombres nues, qui grondent
sous nous.
Et d'un
seul trait le monde
existe encore
et d'un seul mot j'en invente la ronde,

le mot de joie : *Va !*
Et nous et moi, errants très vains,

bien-nés sortis de l'eau marchons selon les pas anciens
paisiblement jusques aux tombes ;

jusqu'aux tombes des Anciens !
Nous vivrons sous leur regard !
Shtagadoum ! Badaboum ! Gagaloum naninanèr'
babatsointsoin !

V

Travaux pour un poème ordinateur

1

Je suis à ma fenêtre en bois
dans ma maison de pierre alors ce que je vois
c'est ma campagne La mêlée, radieuse, des buissons géants –
autour de l'herbeuse
étendue d'herbe de chez moi –

est belle mais j'ai qui me gagne
le sentiment de mon savoir quand il s'éloigne
Je m'en attriste Le vert-brun, le rouge, le bleu-vert statique,
le vert-bleu qui bouge,
les fleurs ou fruits sur feuilles magnes :

quels sont leurs noms Je méconnais ce qui existe
à mon devant Je pourrais… ces plantes… toutes comme
rien… entre-chevauchantes…
je peux devenir botaniste…

Je suis dans mon appartement
à ma fenêtre haute alors ce que je sens
c'est notre monde La mêlée, très vaine, des choses diverses,
autour de l'humaine
étendue d'hommes de mon temps.

2

Il pleut d'un coup la pluie abonde
Moi l'observant ma joie revient la plus profonde
et la plus franche Et pourquoi ? Je sais – non, mais je pressens –
que ceci est vrai :
ce qu'elle atteint la pluie refonde.

Ce sont la pluie des lignes blanches
Le ciel qu'elles traversent grandeur aussi blanche
ne les fait voir Après ça, la ville, en haut de ses toits, et jusques
au sol,
les laisse paraître, en revanche ;

sans quoi la pluie n'est nulle part
Touchant ce qui est gris parfois le rendra noir
et parfois non À l'oreille, la pluie, comme un vol d'abeilles,
est une vitesse,
mais c'est lenteur à la mémoire

et lenteur à la vision
Je la vois devant tout mais son bruit est au fond
après les autres Je sépare : ce bruit, qui bruit de pleuvoir,
et pluie que je vois,
muette comme nous pleurons.

3

Je rêve un jazz de quatre gigues
donc la mort d'un mari puis la peur puis des figues
puis mon bonheur Je constate : « Rêver, histoire adéquate, mais
un rêve c'est
le grand contraire d'une intrigue. »

4

Mâchant je remarque la rouille
brune rouge rousse châtain comme les Pouilles
sur une lampe Je me lève, je quitte : d'abord ma cuisine, mon
immeuble ensuite.
Le soir est né. Le jour y trempe,

s'y perd ni calmement ni vite
Je vais suivant le rythme de cette petite
disparition L'avenue, c'est dire : un trottoir d'aller, l'autre
au revenir –
incomparables émotions ;

deux avenues la même étire

5

Ce fut mais nous croyons que c'est
Voici la rue qui chaque année au mois de mai
garde un automne Je n'ai plus, là-bas, une amie à moi ; j'en suis
peu ému :
ce n'est jamais qu'un regret d'homme.

D'ailleurs voilà c'est disparu

6

Défait comme toutes nos mœurs
je m'en vais sans trop me déplaire mais mon cœur
ne s'aime pas Il faudrait – pour qui ? –, pour vous et pour moi –
pour nous, si c'est vrai –,
ordonnateur l'ordinateur.

VI

Poèmes très libres

Chance des écrits
ou
Onzième consolation

Silence. Ah. Oui. Je pense
avoir compris
la chance des écrits : nous, qui les lisons, sommes de tristesse
et mélancolie ; sous nos regards les phrases, telles
qu'elles
se disposent,
en travers d'une quelconque page, nous donnent, seulement par
leur existence, les raisons bonnes, belles et graves pour pleurer.

Ainsi, je nomme

« charme »
nos yeux mouillés, rougis, en surcroît de tous les textes,

« larmes » notre esprit.

Poème de l'amoureux fou

Toi, qui agites
dans mes parages
tes lèvres nettes et petites, toi, qui as mon âge, toi, et tes bras
qui m'embrassent, ta voix, que mes oreilles recueillent et bercent,
ton regard
que je vois, ces choses-là
de toi
qui m'apparaissent, mon amoureuse,

toi qui me sembles vraie
c'est
tu es
l'illusion de ma folie menteuse

Un jour découvrant ton absence
je finirai criant à la renverse
au milieu de trop d'horreur la solitude immense

Entretemps puisqu'à mon cœur il est donné de croire encore que tu
vis
près de moi et m'adores je veux m'en émouvoir sans peur et t'aimer
comme si

Poème à propos de la ville où j'habite

Où j'habite – Paris – est, de toutes
les villes, la plus lourde, la mieux plantée dans l'orbe,
car elle fut bâtie, sans doute, dans le but
que rien de céleste jamais ne la défît.

Et si je compte, moi, parmi les gens pesants,
qui ne se sentent
pas d'astre
au centre de l'esprit, mais plutôt
de la chair vraiment vivante, bien nourrie,
c'est de Paris, donc d'être parisien, que je le tiens. J'en suis ravi :

d'autres villes que j'ai vues, et connues, dont Tours
ou Turin, semblent avec leurs citadins
s'envoler jour après jour
vers un ciel
plus fort qu'elles ;

à Paris, il n'en est rien.

Querelle des deux phrases
ou
Douzième consolation

1
Phrase impitoyable de la nuit

Sont-ce les lumières pures de mes yeux les bras les boucles riches des cheveux
Non Mais les ronces les voitures en chemin
les branches d'un jeune arbre mort dont la silhouette dure et ce n'est pas ma voix
mais le cacardement
de l'oie de ton voisin folle de peur perdue dans la campagne quant à moi qui ne suis rien
autour du rêve que tu verses dans tes pleurs moi je te dis

Je suis la nuit Puis je te dis Tu m'oublieras Cela je le répète plusieurs fois

et je termine en te disant aussi que tu mourras Oui et la mort d'ailleurs
t'attend déjà dans le buisson tout bleu de mûres Si tu veux
la rejoindre maintenant ne t'en empêche pas
L'homme sois-en sûr n'est pas ce que tu es La femme est loin de toi Le renard
le sens-tu où qu'il se trouve en sa forêt le renard te déteste Il ne te reste
qu'à pâlir jusqu'au matin comme une proie

2
Phrase invincible d'Alexandre

Meilleures vies ? Je ris. Je suis enduit
de mes couleurs
et couvé d'allégresse. Mi-

novembre a élu
ma paresse

et mon lit. Et les infinis retombent, non-immondes,
comme la liesse.
On dit – qui ? –

que, jusqu'après la mort, moi je continue :

dames qui me hument, baleines, grâces foraines,
cambrements fous
que je gifle avec force ; reines

qui me comptent les
poils du torse

et les veines ; et d'aucune peine l'ombre ; mais des chambres,
des écorces,
des plaines. J'aime

ça, car ma joie est vaine, bellement déliée. Tout s'y confondra.

Vanou la Frileuse

C'est l'octobre
ou le novembre Il
faut que mon visage
de face je le tourne vers toi
qu'il te plaise autant que mon profil

puis que mes mains
quand je les ferme autour de tes dix doigts
te donnent l'illusion cette pensée
Aucunes paumes d'autres hommes ne pourront ni aucun corps mieux réchauffer
moi
qui suis belle et qui ai froid

Donc tu m'embrasseras jusqu'à l'avril

mais passera le froid passant l'avril
et tu m'échapperas pendant l'avril

Je voudrais ne veux-tu pas la fin d'automne puis l'hiver jusqu'à
ces semaines où commence le printemps mais pour toujours
et que les mois suivants
de l'an
où il fait tiède puis brûlant ne soient jamais
qu'ils n'arrivent qu'ils n'existent pas

que ne dure pas l'année
delà ces quelques mois de notre amour

Non
me réponds-tu
j'apprécierai
l'été
contre des ventres frais
Mais maintenant serre-moi mieux et plus entre tes jambes tes mollets mes cheveux
chatouillant tes aisselles sinon je m'en vais

Poème avant la rencontre
ou
Treizième consolation

L'image n'est plus là
décrivant quoi
nous pouvions tout décrire

Regarde-moi debout dans mon passé Si tu le fais je te promets
que je t'écouterai demain parler de ton désir

La vérité alors se trouvera là où combien de fois
en combien de multiples manières
iront
se croiser la raison
et le choix

Et les centres du monde
apparaîtront jour après jour dans une infinité de choses et
d'endroits touchés par nos regards

La Courneuve la pluie Turin le cœur les mœurs l'ennui Boston
les femmes ou la Loire et cetera

Quatorzième consolation

Deux parfums,
les mêmes. Je n'en aime qu'un,
l'autre est deuxième ou il n'est rien.

Tout revien-
dra-t-il ? Une fois au moins,
car c'est le rythme qui va bien :

deux fois serein, je suis en peine ;
deux fois en peine, je suis serein.

Poème de la toute nuit

La lampe ne m'éclaire, sa lumière est au couloir.

Mes yeux marron sont comme noirs Et puisqu'il est en leur
pouvoir de s'ouvrir et de voir je peux ici tout croire
ici je peux revoir Je veux

tout, de toute part ;

de suite en mémoire le pire des faux souvenirs
et les cent délirantes certitudes qui s'affairent
dans ma tête à me défaire
Je suis vieux Je suis jeune Non j'ai l'âge constamment
que l'on me donne Et la mort et la vie me pardonnent
Il faudra que je sois l'homme et de la sorte j'apprendrai
ma langue
Elle aura longue idée longue histoire et néant
C'est très tard J'aime notre nuit répandue dans ma chambre
où elle semble attendre que revienne avec la jaune foire
des matins la fin de gloire sienne
J'aime encor que les ombres s'excitent
où mon regard traîne J'aime puis le sombre des couleurs

et ma voix qui dort
toujours avant moi.

VII

Poème dans le trois

1.1

Ordre :
et je comprends qu'un homme
est autour de mon cœur. Douleur : on m'assomme. Je me
réveille

entre les bruits de mes oreilles. Je vois le jour

de veines et de cimes
que dessine et redessine antique
l'assemblée des vagues naines de l'Attique ; je me tourne
vers les pins, je ne vois plus la mer

et je ne vois personne ; inconcevable c'est l'automne ; et l'idée
que je vivrai s'excite en moi comme une guerre. Ces troncs
font plusieurs et bruns de belles rimes ; et je pense à ces racines
qu'ils répandent
tranquilles dans la terre, puis aux branches, et levant les yeux
vers elles

je les vois devant le ciel – pour sûr, profond comme un enfer,
pur,

l'abyme est dans les airs. Ici-bas,

que je préfère, est une affaire
qui me regarde,

cet endroit de mes parages
sous tel soleil bien silencieux comme un visage qui regarde.

Le chemin que je m'invente
parmi les arbres, le chemin

que j'emprunte parmi eux, ce chemin sera mon dieu,
pour l'instant. Je me suivrai
sans crainte ; que puis-je mieux ? Mais la forêt
est courte

et voici déjà la route – forme morte : on s'y sent au milieu.

Passe une voiture tirant une barque, je recule
un peu. Et je remarque,
sur les reflets de leurs peintures, le début du crépuscule ;

et j'apprends que le jour était vieux. Mon retour est lent
vers la mer, tant

qu'il ne finit pas. Sans cesse alors je m'en retourne
et cependant je me demande : « Où est-ce, Alexandre, que
j'allais et pourquoi ? »

1.2

Tout de retour l'infini
de mes pensées tandis
que de nouveau je lève mes yeux vers les branches m'absorbe
en un lieu

d'abord précis : c'est dimanche,

1.3

Chambéry, par la fenêtre ; mais
cette chambre est la mienne,
donc je suis à Paris, oui, c'est comme y être, sauf un plafond
bas, la lumière sans persiennes. J'ai mal dit :

je suis dans un salon

qui fut ma chambre, mais ne l'est plus ;
l'ancienne pensée tout à coup de s'étendre, sous ma vue,

comme un sol, c'est-à-dire un plancher ;

je m'y tiens souvenu. Quand mon pied droit le fait grincer,
j'ai sept ans,
silencieux comme un fou je trottine en culotte. La porte,
que l'on ouvre pendant que je joue, rend un grincement très
lent, d'une autre sorte,
et doux ; rien de vivant, je le sais, ne peut entrer ici, la main
est morte

qui tourna cette poignée, la voix, la voix morte elle aussi, dit :

« Toi ici, Alexandre, toi ici ? »

Je réponds : « Non. » Et la voix d'ajouter :
« Tu ne m'oublies

pas, si ? » Et tout pleure en moi,

qui regardant où fut la voix ne vois que l'ombre et son couloir,
une lampe au fond de soi,
lueur de peu dans le tout noir –

une lune était ainsi, jaune un peu dans le gros soir, en quel lieu
de notre vie ? Et je me
sens me répandre
ou je me sens réduit, non, pris

comme un quatre dans le deux.

Je vais petit, sans moi,
sans me connaître,

enfui loin du couloir vers la fenêtre,

et maintenant, je dis
ceci, d'une voix tendre, et le redis
beaucoup de fois – ainsi raisonne la folie : « Alexandre,

puisqu'il faut, tu vas renaître. »

2

Ici cela commence avecque moi Ira

comme Alexandre l'Alexandre d'ici-bas Ni celui
qui est mort ni celui qui
vivra Quelle aube en somme

lente et quel début durant longtemps mon existence
et chance mon sort

dansante

et où s'emmêlent tant de pas Sans efforts

Sans mémoire Avec elle

telle joie puissante et qui fera

que matin vienne
au soir que nuit ne soit

que ne rien voir
vienne plus tard quand rien sera

que puisse un monde
en son histoire être avant ça

J'entends que gronde autour
de moi ce vieil amour que porte un homme

à ce qu'un jour
n'éclaire pas

que porte un homme à ce qu'un homme n'aime pas

Cet amour
ne me plaît pas

Je commence avec le jour

3

Décrire un jour ? On décrira d'abord ce qu'il
n'est pas : rêvez son contraire, mille fois ça,
puis fois mille encore ça, tard à en pleurer.
Mais ne pleurez pas, car un jour est, comme une île,

au milieu, clair, et ses contours changent si peu
que je crois en pouvoir dire : « C'est immobile »,
si je veux. Jamais jour ne sera recouvert.
J'en approche mes yeux, je vois le rose et bleu,

d'or ou doré, rouge et vert ciel entre mes cils,
je vois les hommes, qui, de loin, semblent se taire
avec leur monde, sous cette couleur de douze
cieux. Je me rapproche et tant alors que j'y tombe ;

tombant vers le jour, il me paraît que s'épousent
mieux l'alentour et ma pensée, tandis que l'air
vente à mes yeux, rentre en mon nez, partout me creuse
respiré. Tout à coup, j'ai cessé de tomber –

combien l'Alexandre tomba ? N'ai pas compté

les mètres ni les heures –, me voilà. Ordre et

douleur. Ordre : et je comprends qu'un homme est autour

de mon cœur. Douleur : on m'assomme.

VIII

Poèmes très libres

Poème où commence la Lune

Là-haut dans la journée, notre lune commençait

couleur de l'aube ou des effraies, couleur de dune
        et je pleurais – sur mes joues, sur mes pieds, sur mes bras ;
                j'étais laid comme un homme mauvais. « La mort

me trouve et me plaît.

Serait-ce ma fortune ? Lune tu vas, moi je ne vais,
mais sans cesse je meurs. Seule saison de mon année :
la cinquième la posthume. »

Poème devant tel arbre
ou
Troisième poème en question

Moi le trop habitué je voudrais compliquer dans la vue
tel arbre en un délire qui laisse pourtant reconnues
la chose franche
de son tronc la fonction
montante de son lierre la manière
brune et rayonnante de ses branches la raison de son petit
feuillage fier et la mignonnerie
morte de son dimanche

Comment pourrais-je faire

Poème entre vous et moi

La Lune est ce tout
d'or au ciel d'une nuit vaguement affreuse.

« Je sais bien que nous
nous servons de moi pour aimer autre chose,

ne suis pas jaloux »,
dis-je, et vous couvrez de vie la table rase.

Poème élémentaire
ou
Quatrième poème en question

Cette lumière
est ronde dans le bulbe de l'ampoule, l'air
est rapide dans la foule de ses vents, l'eau
est petite dans les gouttes de sa pluie

ou dans les larmes de mes pleurs. Moi, comment suis-je dans
mes couleurs,
ma voix, comment est-elle dans ses mots ?

Épître aux vieux enfants

Je sais ce que c'est que nous sommes : vieux enfants. Et maintenant, soyons
des hommes… je veux dire… devenons. Mais, d'abord, comprenons
que, d'abord, le besoin pour nous tous parmi nous

est celui d'équilibre entre tout, ou bien ne peut rien être libre :

le sage en complète raison, qu'il devienne un peu fou,
la femme à parfaite cervelle, un peu con,
les fesses trop dures, un peu molles, le brun et le blond, un peu roux,

et fasse le déséquilibre trembler l'équilibre partout.

Quatre fois le même poème

1

Poème affirmatif

Non pas le destin, mais le nombre incertain des ancêtres, dont
maintenant

ce monde et nous
sommes, par la force du temps, le dessein.

2
Poème à la poire

Tombe une poire à mes pieds je la mange et je pense *Vive notre gravité*
Vive la danse vers le bas
qu'elle inspire à tout Qu'elle inspire à moi Qu'elle inspire à nous

Et vive ce désir qu'elle me donne
du gouvernement prochain des hommes par les hommes

3
Poème de ma préférence

La chose inconnue qu'à certains
plaît de garder voulue n'est rien
d'autre qu'au mieux une plage un peu
étrange et rouge en Amérique loin

et une espèce au pire encor de dieu Je nous préfère aux deux

4
Poème pour que nous soyons

Soyons qui parle pour un bien Beauté Soyons nos fils Le triste
est plaisanté Soyons nos pères Soyons d'aucun mystère Soyons
toute cité Soyons surface d'une mer ensemble lisse
et tortillée Soyons qui meurt après qu'est né le nouveau-né

Soyons qui vit pendant la mort Le sort Soyons nos torts Le sort
est partagé Soyons l'année Après l'année soyons encore
étant très forts Étant très forts soyons en pied comme un seul corps
de plusieurs corps Soyons la fête commençante et commencée

Alors soyons l'amour naissant Soyons notre amoureuse Amour
en un visage Amour saillant Amour à forme sage La ruse
pour nous aimer Des quatre amours le plus peuplé rose d'un rose
rosement rose Soyons l'amour qui n'aime que s'il est aimé

Poème pendant que je m'enfuis
ou
Quinzième consolation

Je m'enfuis Naissent alors mille couleurs de fruits par ma terreur
et millions de centaines d'étoiles
toutes les mêmes comme si
chacune était la seule

Et chacune est la mienne

et m'aveugle et me brûle en silence *Quelle douleur !* je pense

Ensuite, voici mon râle, donc me voici, enfin, voici ma peine,
voici ma vie.

Tombeau de Teresa Renaldo
ou
Seizième consolation

Voici Turin, colline sous les éclairs,
montagnes sous le beau temps. Voici le fleuve
et, loin de lui, la façade vieille et neuve,
l'immeuble rose et blanc. Puis voici grand-mère
levée de son lit ; la très joyeuse veuve,
blonde parmi les cinq fleurs de son balcon,
salue mes parents, moi, nous dans la voiture.
C'est triste ou non, puisque je ne suis pas sûr
de savoir : arrivons-nous ou bien partons ?

Et tout ce passé m'est si longuement bon
que je crois qu'étant passé, quand-même il dure.

Poème marchois
ou
Tombeau de Guy Bonnet
ou
Poème de la Toussaint
ou
Dix-septième consolation
ou
Troisième tombeau de moi-même

Retour du vert aux soirs orange Lumière Contour des plantes
La grande
longueur d'un champ La forêt claire Retour du vert au soir
Novembre
n'est pas juillet Longueur des champs qui font le vert Le vol
des cendres
où je serai Et la lumière vient s'étendre où je me tais

Aux plumes pâles dans les plantes Pâleur L'oiseau ne chante
L'envol
a bruit de cœur Forêt de pentes Est-ce le soir ou non Charmante
au soir la peur Les ailes battent vers mon cœur Le chaton naît
sa mère meurt Et ma tristesse est de n'entendre que mon cœur

Un feu s'élève il fait les ombres Chaleur Un feu tout sombre
L'odeur
est dans les branches Forêt brûlante Un homme près des plantes
Dimanche
est au tonnerre Retour d'un homme sur des terres Voici
les cendres
où tout s'envole C'est mon bonheur qu'ici au loin je reste seul

IX

Préambules jumeaux

Poème Nuit
ou
Préambule au Poème ordinateur

Je vois venir nuit dans la pièce
Le blanc système d'angles les lignes maîtresses
vont s'effarant Toute forme, sans bruit, fouille ses parages,
grouille avec le gris ;
ce n'est plus rien que je connaisse.

Il ne fera nuit tellement
que je m'aveugle puisqu'en ville aucun moment
n'a la nuit noire Donc j'observe : le tas, la pâte de choses,
les taches de quoi,
tant de mélanges confondants ;

et donc je voudrais ne pas voir
Ce losange en travers était-ce le miroir
ou un tableau Je m'y rends, me place, devant et debout,
je touche la glace,
alors c'est croire et ne pas croire

que moi n'est personne bientôt
que mon visage est lisse et plat comme la peau

sur le tambour Que mes bras – ces ombres – sont longs
jusqu'au sol… je sens qu'ils m'encombrent ;
et mes cheveux comme de l'eau

coulent à moi depuis l'entour
Et d'un coup je deviens incapable d'amour
et de cerveau Mais mon père, qui entre – pour chercher un
livre –, allume une lampe :
ça fait la pièce comme un jour.

Poème Jour
ou
Préambule au Poème historien

Commence le jour mais quel fut
ce point parfait de sa naissance le début
dont je peux dire C'est l'heure où, d'un trait, ni depuis avant,
ni encore après,
la nuit précisément n'est plus ?

Sans doute ce point c'est soleil
quand il advient rond comme l'août et me réveille
mais les rayons Les rayons, eux qui, bien devant leur astre,
s'ouvraient dans la nuit
pendant la fin de mon sommeil…

Le jour commença-t-il donc là
Plus tôt même que les rayons tournaient déjà
des bruits de jour Se peut-il, alors, que sans la lumière, sans
l'aube, sans l'aurore,
jour fût avant que le jour soit ?

Sinon tel soleil à son ciel
n'est pas avec le jour d'emblée mais il l'appelle
qui le rejoint Et très calme, très tard, le vrai jour prend place ;
le vrai jour, oui, car
est-il matin que nuit ne veille ?

Je ne veux pas ourdir de ruse
Les débuts sont plusieurs d'une façon confuse

mais je les vois Ils sont quatre, je pense, tous autant premiers.
Le jour y commence
et l'origine s'y refuse.

COLLECTION TURINOISE

Quiconque souhaiterait avoir accès aux *Discours de notre collection* les pourra gratuitement recevoir en écrivant à l'adresse électronique suivante : collection@turinoise.fr

TABLE

DERNIERS TITRES PARUS

Rim Battal, *Les Quatrains de l'All inclusive*

Alexandre Bonnet-Terrile, *Et l'origine s'y refuse*

Tom Buron, *Marquis Minuit*

François de Cornière, *Quelque chose de ce qui se passe*

Cécile Coulon, *En l'absence du capitaine*

Seyhmus Dagtekin, *De la bête et de la nuit*

Jacques Darras, *Le Chœur maritime de la Maye*

Patrice Delbourg, *La Banlieue des choses*

Renaud Ego, *Vous êtes ici*

Marie Étienne, *Sommeil de l'ange*

Mélanie Leblanc, *Le Labyrinthe des jours*

Sandra Lillo, *Les bonbons pleurent*

Sophie Loizeau, *Les Épines rouges*

Issa Makhlouf, *Ce qui restera*

Jila Mossaed, *Le Huitième pays*

Florentine Rey, *L'Année du pied-de-biche*

Florence Saint-Roch, *Rouge peau rouge*

Jean-Luc Steinmetz, *Vers l'apocalypse*

Pierre Vinclair, *Bumboat*

DANS LA COLLECTION « POCHE / POÉSIE »

Rim Battal, *Mine de rien*

François de Cornière, *Les Façons d'être*

Cécile Coulon, *Les Ronces*

Cécile Coulon, *Noir volcan*

Albane Gellé, *Équilibriste de passage*

Abdellatif Laâbi, *La poésie est invincible*

Serge Pey, *Poèmes pour apprendre à lacer ses souliers*

James Sacré, *Une rencontre continuée*

Ludovic Villard, *Il faut toujours se préparer à perdre*

Thomas Vinau, *Le Cœur pur du barbare*

Cet ouvrage a été mis en page et achevé d'imprimer
en août 2022 par les Ateliers Graphiques de l'Ardoisière
à Bègles (France).

Dépôt légal : octobre 2022
Imprimé en France